Vésuva

Ploma Libali

Vésuva

Roman

LE LYS BLEU
ÉDITIONS

ISBN : 979-10-422-2655-8

Plan de Pompéi avec ses régions archéologiques

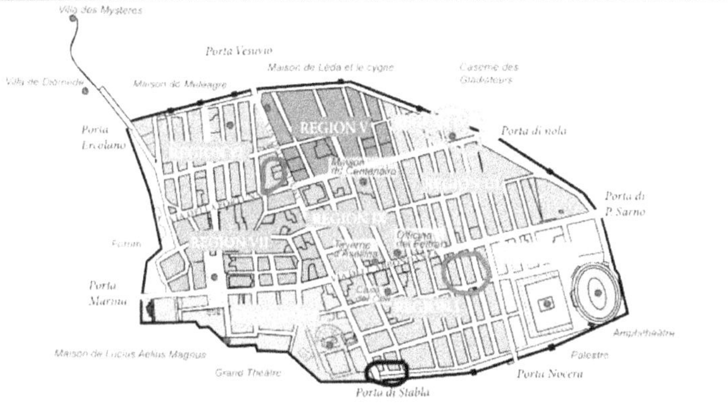

- La zone bleue correspond à l'emplacement de la villa Blossius ;
- La zone jaune correspond à l'emplacement de la caserne ;
- La zone rouge correspond à l'emplacement de l'orphelinat ;
- La zone noire correspond au lieu d'affrontement entre Hélios et Japet.

Baie de Naples, en pleine Campanie, en l'an 79. Nous sommes le premier octobre à 7 heures du matin et la cité antique de Pompéi s'éveille. Le soleil perce à peine derrière la montagne qui surplombe l'ensemble de la cité, les chiens aboient après les coqs qui chahutent au lever du soleil, les pêcheurs chantonnent tout en chargeant leurs chaloupes pour la journée. Une légère brume essuie la surface de l'eau de la baie Napolitaine prévoyant une matinée humide.

Pendant que le reste des civils sort tout juste des bras de Morphée, un claquement régulier se fait entendre au nord-est de la cité. Puis de plus en plus nettement et fortement aux abords de la Porta di Nola. La caserne fourmille des légionnaires qui sont debout depuis longtemps et qui y déambulent. Là-bas, on s'active, on s'entraîne et les jeunes recrues arrivées depuis deux semaines sont en ligne dans la cour de la caserne.

— Silence ! ordonne le capitaine des légions, Gildas Patrios.

Silence général.

Le capitaine attribue aux quinze légionnaires leur mission du jour. Puis vient le tour de :

— Légionnaires Caedecius, Pesentus et Trémulus, vous allez surveillez les quartiers nord au niveau du port.

Les trois jeunes hommes n'étaient autres que Hélios, Japet et Léonidas. Ces trois-là ne s'étaient jamais quittés, d'aussi loin que remontait leur mémoire. Ainsi, les trois jeunes recrues s'étaient exécutées et avaient rejoint les quartiers nord quelques minutes plus tard.

— Pff… soupirait Japet en dénigrant du regard deux femmes nobles qui marchaient non loin d'eux. Probablement la mère et la fille.

— Qu'y a-t-il, mon ami, la haute naissance te dégoûterait-elle ? riait Léonidas en tapotant le dos de son ami.

— Nous sommes bons pour les défendre, mais jamais bons pour les prendre ! critiqua le concerné, en lançant un cracha dans la direction desdites femmes. Heureusement, elles ne virent rien.

— Tu devrais revoir tes manières, Japet, suggéra Hélios sans approuver sa conduite odieuse.

— Ne t'es-tu jamais demandé comment était l'intérieur d'une aristocrate ? jura avec malice Japet.

— Cela ne m'a jamais traversé l'esprit, confia Hélios avec un air désapprobateur.

Être meilleurs amis ne voulait absolument pas dire qu'ils étaient en accord, d'ailleurs l'amitié n'est pas faite que d'accords hypocrites.

— Allons, trêve de bavardage, nous arrivons, proposa Léonidas qui marchait plus au-devant d'eux.

Le lieu dont parlait Léonidas était en réalité la région VI de la cité. Les quartiers les plus riches s'y trouvaient, les villas des sénateurs ou des nobles. Des méfaits récents s'y déroulaient depuis quelques semaines. Beaucoup de villas furent fouillées, des nobles, blessés et la légion avait été mobilisée pour défendre ces quartiers sensibles.

Alors qu'ils arpentaient le port auprès de la Porta Ercolano, les trois légionnaires furent arrêtés par des bruits de lutte.

Halé par l'urgence, Hélios bondit vers les bruits en quelques secondes. Suivi de près par Léonidas, puis Japet. Sous leurs yeux, un noble sénateur se défendait plutôt ardemment contre un klepte[1]. Les trois soldats restèrent seulement quelques secondes interloqués par la scène sordide, puis lorsque le sénateur fut en difficulté, c'est Hélios qui fut frappé par le courage. Le klepte s'était saisi d'un couteau à longue lame et exécutait des gestes saccadés et menaçants contre l'homme riche.

---

[1] Voleur.

Hélios dégaina son glaive et sauta par-dessus les débris de tonneaux et autres éléments de commerces qu'ils avaient piétinés dans leur affrontement. Alors que le sénateur était au sol pressentant la froideur de la lame contre sa gorge, Hélios attrapa le bras de l'agresseur et le projeta aussi loin que possible. Ce dernier se tenait à présent entre Hélios et ses amis qui avaient également dégainé leurs armes.

Le klepte lâcha son couteau et leva les bras en l'air, abattu.

— Sage décision, mon grand, affirma Léonidas en ligotant ses poignets.

— Tout va bien ? demanda alors Hélios en glissant son glaive au fourreau et en tendant sa paume au richissime sénateur.

— Fort bien, que Héra vous protège mon garçon ! L'homme attrapa la main qu'on lui tendit en s'exclamant.

— Il semblerait que nous soyons arrivés à temps. S'aperçut Hélios en redressant les débris.

— N'en faites rien, légionnaire, nous allons ramasser ! proposa une marchande en prenant des mains les morceaux que Hélios avait commencé à réunir.

— Soit, sourit le jeune homme.

— Vous avez un cœur pur, mon jeune ami, constata le sénateur en tapotant l'épaule d'Hélios.

— Hélios, nous devons retourner à la caserne, interrompit Japet.

— Je vous accompagne, affirma avec détermination le noble tout en emboîtant le pas à Léonidas qui partait déjà avec le prisonnier.

C'est ainsi que tous retournèrent auprès du capitaine Gildas, satisfait de l'efficacité de ses recrues. Puis le sénateur, dont ils ignoraient encore le nom, ordonna un entretien privé avec Gildas. Ensuite, les trois légionnaires attendirent pendant de longues minutes leur retour.

— Hélios, rentre, je t'en prie, ordonna d'un mouvement de menton Gildas en montrant l'intérieur de son cabinet personnel.

Ce dernier s'exécuta de manière perplexe en croisant les regards circonspects de ses camarades.

— Vous autres, retournez aux quartiers nord. Ordonna de nouveau le capitaine avant de refermer la porte du cabinet derrière Hélios.
— À vos ordres, répondirent-ils d'une seule voix.

Ses deux amis repartirent à leur mission principale, laissant Hélios entre les mains de Gildas et le sénateur qui n'était autre que :

— Maximus Blossius, ici présent, m'incombe de te nommer légionnaire familial personnel, expliqua sans détour le capitaine en prenant place sur l'unique siège du cabinet.

— Vous plaisantez ? Les yeux exorbités, Hélios manqua de s'étouffer avec sa salive.

Pour un humble soldat, devenir légionnaire familial personnel était un privilège et une manière de monter dans la hiérarchie.

— Ai-je l'air et le temps de plaisanter, soldat ? s'esclaffa Gildas, les sourcils froncés.

— Non, se reprit-il en déglutissant maladroitement.

— Comme vous vous en doutez, jeune homme, ma famille est hautement placée dans la hiérarchie sociale et nous avons essuyé quelques tentatives de vol ces derniers temps. Je crains pour mes biens et ma santé. Maximus se justifia en précisant à quel point ses richesses lui étaient si chères.

« Quel personnage hautain ! » se mit à penser Hélios en le dévisageant détailler sa fortune si importante.

— Acceptez-vous, légionnaire ? Gildas rompit le silence soudain devenu pesant en joignant les mains sur le bureau.

— Oui. Vous pouvez compter sur moi, capitaine, affirma-t-il en braquant de nouveau son regard sur Gildas.

— Ce n'est plus sur moi que vous comptez à présent… souffla-t-il en retour.

À présent, tous ses biens, ainsi que sa propre vie appartenaient à Maximus Blossius. Et non à lui-même.

Hélios s'empressa d'énumérer son aventure à Japet et Léonidas qui n'en crurent pas leurs yeux.

— Tu as de la chance, mon frère, souffla avec compassion Léonidas. Mais tu le mérites ! rajouta-t-il en serrant son ami dans ses bras.

C'était un véritable honneur et seul Léonidas s'extasiait pour lui. Japet resta terriblement muet tout le reste de la journée, jalousant son « précieux ami ».

C'est à partir du lendemain matin que le quotidien d'Hélios était sur le point de changer. Il se rendit à la villa Blossius située au nord de Pompéi. La charmante villa aux pierres et colonnes blanches était blottie entre la via Della Fortuna et la via Del Vésuvo. En ce matin du 2 octobre, l'ombre de la montagne menaçait la façade, pourtant la glycine qui ornait les colonnes la rendait incroyablement attrayante.

Hélios retira son casque et pénétra dans la demeure qui s'ouvrait sur un patio éclatant de beauté.

Le légionnaire admirait, la bouche béante, le plafond à caissons tout peinturé de mosaïque.

— Mon ami ! Ravi de te compter parmi nous aujourd'hui ! s'exclama avec un sourire satisfait Maximus.

« Nous ? » pensa alors le soldat en suivant le regard de son maître vers la droite.

Son regard rencontra la silhouette d'une jeune femme d'à peu près son âge, vêtue d'une robe de lin aux reflets bleutés et à la chevelure châtain longue volant gracieusement à chacun de ses pas. Aucun doute possible, la villa n'était pas la seule à être une beauté.

— Ma fille unique, Ariane Blossius, présenta Maximus en enroulant un bras au creux des reins de la jeune fille.

Cette dernière leva les yeux au ciel d'une manière impolie, action que Hélios remarqua aussitôt. Elle semblait détester son père et ses touchers au même titre.

— C'est d'elle que tu auras la garde à partir d'aujourd'hui, reprit de nouveau Maximus.

— Je n'ai nul besoin d'être gardée, père ! contredit-elle sèchement en regardant avec agacement le légionnaire.

« Quel caractère méprisant », pensa alors Hélios qui appréciait de moins en moins sa nouvelle tâche.

— Nous avons déjà eu cette conversation, ma chérie, pense à ces nombreux bijoux onéreux que tu portes, tu ne voudrais pas qu'ils nous soient volés n'est-ce pas ? souffla avec exaspération son père.

— Bien entendu… répondit-elle avec désinvolture en détournant le regard lorsque Maximus déposa un baiser sur sa tempe.

— Parfait, alors je vous laisse. Je dois m'absenter à Herculanum dans la journée, je rentrerai tard, poursuit-il tout en se dirigeant vers la porte d'entrée monumentale.

S'en suivit un silence de mort. Ariane avait noué ses bras sur sa poitrine, elle n'esquissait aucun mouvement et ne dit pas un mot. Désespéré par ce malaise, Hélios intervint :

— Qu'aviez-vous de prévu aujourd'hui ?

— Cela ne vous regarde pas, je pense, répliqua-t-elle hostilement.

— Jusqu'à preuve du contraire, je dois vous emboîter le pas absolument partout, alors j'en conclus que cela me regarde légèrement, répondit-il froidement. « Quelle tête de mule », susurra-t-il intérieurement.

— Vraiment ? Dans ce cas, je vous souhaite bien du courage pour ne pas me perdre dans la cité, provoqua-t-elle en approchant son visage du sien. Puis elle partit vers la sortie, tout comme son père juste avant elle.

— La journée va être longue… soupira intérieurement Hélios qui la suivit avec une nonchalance dissimulée.

Ariane le conduisit en plein cœur de Pompéi, à la via Del Abbondanza. Hélios était sur ses gardes, puisque ce quartier était réputé pour être le plus craignant de toute la cité. Les plus pauvres des civils s'agglutinaient ici. Taverne et bordels s'enchaînaient et ne semblaient pas impressionner la jeune noble qui le précédait.

Elle est encapuchonnée, il est vrai et elle dissimule son visage le plus possible. Probablement de peur d'être reconnue. Au détour d'une rue, Ariane s'engouffre dans une foule dense, creusant l'écart avec Hélios qui finit par la perdre de vue.

— Skata[2] ! jurait Hélios qui, bloqué par la rue noire de monde, n'arrivait plus à avancer.

Sa jeune protégée se retourna à moitié une fois suffisamment loin de son poursuiveur. Hélios aperçut un sourire malicieux dans l'ombre de son capuchon. « La punaise, elle l'a fait exprès », pensa-t-il en écarquillant les yeux de stupeur.

Le légionnaire repoussa maladroitement les passants qui râlaient face à son manque de civilité. Et ce, bien qu'il s'excusât à chaque bousculade. Une fois qu'il eut échappé à la rue bondée, il examinait chaque recoin de la via Del Abbondanza sans succès. « Elle m'a fait faux bond ! » râlait-il intérieurement.

---

[2] Juron en grec ancien.

Il passa l'heure qui suivit à tenter de retrouver sa protégée. Il était strictement hors de question de rentrer bredouille à la caserne. Qu'allaient penser Maximus et le capitaine Gildas ? Alors Hélios redoubla d'efforts et à l'embouchure d'une rue, il reconnut la voix aiguë d'Ariane. Il se retourna tel un éclair et la reconnut. Elle était de dos et ne put le percevoir. Il attendit qu'elle sorte du domus[3] avant de s'y précipiter lui-même. Bien décidé à découvrir ce qu'elle mijotait.

— Ahhh ! Un cri de stupeur général envahit la pièce du domus dans lequel Hélios était rentré.

Là, une femme plutôt âgée et quelques enfants, sept en tout, le regardaient avec effroi.

— Que voulez-vous ? s'énerva la femme, les poings sur les hanches.

— Des paîs[4] s'étonna alors le soldat. Ariane, vous la connaissez ? questionna-t-il sans perdre une seconde.

— Je… j'ignore de qui vous parlez ! répondit la femme avec plus de fermeté.

— Pas de parjures avec moi, femme, menaça alors Hélios, persuadé qu'elle mentait.

— … La femme nia encore en silence.

— Répondez ! ordonna-t-il en s'approchant d'elle.

---

[3] Une humble habitation antique.

[4] Mot en grec ancien pour qualifier de jeunes enfants.

— Elle a juste ramené de l'or pour les païs, je ne sais rien d'autre. Elle, elle est sortie par là, indiqua la femme toute tremblante.

— De l'or ? se demanda à voix haute le légionnaire perplexement.

Hélios ressortit du domus en suivant les indications de la vieille femme. « Par Hadès, que venait-elle faire dans les quartiers fragiles ? » La tête d'Hélios bourdonnait d'incertitudes et il était bien décidé à tirer cette affaire au clair. Et surtout de ne plus jamais se laisser berner de la sorte par cette mijaurée.

Ariane rentra à la villa Blossius en fin d'après-midi. Elle n'avait pas revu, le soi-disant chien de garde que son père lui avait glissé dans les pattes, et elle était satisfaite de sa ruse. Elle retira son capuchon au moment de franchir le seuil de la porte, puis une voix l'interrompit :

— Vous êtes endurante, retentit la voix familière d'Hélios derrière elle au pied de l'escalier de l'entrée.

— Vous m'avez donc retrouvée ? susurra-t-elle désinvolte en se retournant vers lui la main sur la poignée de la porte.

— En vérité, je ne vous ai pas lâchée d'une sandale, affirma-t-il avec fierté. Il avait menti, c'est vrai, mais plutôt mourir que de lui avouer son égarement de ce matin.

— Dans ce cas, vous n'aurez aucun mal à me suivre demain ! remarqua-t-elle avec un rire provocateur. Puis elle claqua la porte.

« Elle me sort par les yeux ! » rugit le jeune légionnaire en soufflant bruyamment.

Hélios rentra à la caserne épuisé. Léonidas, qui s'intéressait à son épopée du jour, but chaque narration jusqu'à la dernière. Japet ne lui décrochait pas un mot. Les deux amis s'endormirent sur une énième moquerie de Léonidas au sujet d'Ariane Blossius, la petite noble qui file entre les doigts du légionnaire expérimenté. L'humour de son ami soulagea légèrement l'air désemparé d'Hélios. Avait-il fait le bon choix en acceptant la proposition de Maximus ?

La semaine entière, Hélios suivit Ariane à travers les rues de Pompéi, à chaque fois, elle trouvait le moyen de le semer et toujours il ne trouvait pas de solution à ce problème. La petite noble connaissait bien mieux la cité napolitaine que lui. Mais à chaque fois, il était à peu près sûr qu'elle se rendait au domus, qui ressemblait fortement à un orphelinat.

Alors c'est là-bas qu'il l'attendit le dernier jour de la semaine.

— À demain, Dana, à demain, Achille, à demain Orphée… Ariane énumérait chaque prénom d'enfants qu'elle s'enthousiasmait à saluer gaiement sur le seuil de la sortie.

La jeune femme ferma la porte discrètement, elle remit son capuchon et elle sentit qu'on attrapait férocement son col. Elle fut projetée contre le mur le plus proche avec force.

Heureusement, son précepteur lui avait jadis appris quelques techniques de défense. Elle tordit le bras de son agresseur et parvint à s'en défaire. Elle tentait d'accourir au plus loin de cet homme qui venait de pousser un gémissement de douleur, en vint. Il la rattrapa et la plaqua de nouveau contre un mur en maintenant fermement ses membres. Elle était piégée.

— On se calme ! La voix claire d'Hélios parvint aux oreilles d'Ariane qui se figea.

— Que me voulez-vous ? La jeune femme se débattait, en vint une seconde fois. Il l'écrasait de tout son corps et il était bien plus fort qu'elle. C'était peine perdue.

— Discuter, c'est tout ce que je veux. Peut-on le faire sans que vous essayiez de m'échapper à nouveau ? proposa le légionnaire.

D'aussi près, Ariane pouvait entrevoir le regard vert amande d'Hélios se gorger d'agacement, voire d'énervement, et le contrarier à l'heure actuelle était probablement la pire des idées. Elle se détendit et hocha le menton pour signifier un accord.

Puis il libéra son étreinte forcée. L'envie de s'enfuir lui piqua l'esprit, mais elle ne voulait pas risquer de se faire frapper. Elle ignorait tout de cet homme, mais elle avait été témoin de sa force, c'était plus que suffisant pour réprimander cette envie.

— Je vous écoute, reprit-il en braquant ses yeux dans les siens.

« Il est intimidant ». Pour la première fois depuis qu'ils se connaissaient, Ariane se sentait fébrile en sa présence. Que voulez-vous savoir ? répondit-elle.

— Qui est cette femme et ces enfants, pourquoi leur donnez-vous de l'or ? Vous trahissez l'autorité de Maximus.

— Je ne vous permets pas ! l'interrompit-elle, les sourcils froncés.

— C'est pourtant véridique, reprit-il en inclinant la tête pour chercher le regard fuyant de la jeune femme.

— Je ne vois pas les choses ainsi. Nous avons plus d'or qu'il n'en faut, alors que ces pauvres gens se battent simplement pour se nourrir. Je voulais contribuer à leur confort, mais je ne puis en donner de trop à chaque visite de peur que mon père n'intercepte mes intentions. Elle débitait ses aveux sans respirer et surtout sans capter le regard accusateur d'Hélios.

— Elle n'est pas aussi peste que je le pensais, reconnut Hélios intérieurement. Il se recula pour laisser plus d'air et d'espace entre eux. Je serais ravi de vous y aider, proposa-t-il avec un sourire approbateur.

— Avec quel or, monsieur le légionnaire ? répliqua-t-elle en dénigrant sa profession et en lui précédant le pas vers l'embouchure de la rue.

— Assez de sarcasme pour aujourd'hui, je vous prie, « Lady Blossius », suggéra Hélios en le suivant au pas et en souriant. Je pourrais me procurer les restes des repas des légions ? proposa-t-il.

Ariane le regarda par-dessus son épaule avec un air de questionnement :

— Vous feriez cela ?

— Pourquoi pas ? répondit-il en l'épiant.

Ils arrivèrent aux abords de la villa Blossius dans la soirée. Tout le long du chemin du retour, Ariane ne fit que penser à la peur qu'elle éprouvait. Allait-il la dénoncer maintenant qu'elle s'était confiée entièrement à lui ? Elle devait en avoir le cœur net :

— Hélios ? minauda-t-elle presque muettement.

— Ariane ? répondit-il alors qu'il tournait à peine les talons.

— Promettez-moi que vous n'en direz pas un mot à mon père, souffla-t-elle avec espoir.

— Je vous le promets, acquiesça le légionnaire en hochant le menton.

Bien entendu qu'il ne dirait rien. Maximus aurait déshérité sa fille, peut-être même l'aurait-il frappée pour avoir éparpillé sa fortune à la classe inférieure. Et bien qu'elle lui parût insupportable, elle et son sarcasme, Hélios ressentait une grande sympathie envers sa générosité. Peut-être même de la tendresse.

En rejoignant la caserne, Hélios rencontra Léonidas qui lui aussi achevait sa journée.

— Mon frère, il me semble qu'on ne s'est pas rencontrés depuis des siècles ! s'exclama Léonidas en le serrant dans ses bras brièvement.

— N'exagère pas, Léo. Tes moqueries m'ont manqué également, assura Hélios en profitant de leur courte étreinte.

— Alors as-tu réussi à dompter la péronnelle ? sourit Léonidas en rejoignant les dortoirs de la caserne.

— Ne lui manque pas de respect, je te prie, coupa Hélios en le suivant, las.

— J'ose imaginer que ton changement de comportement n'est pas dû à son joli minois ? questionna son ami en le détaillant du regard.

— Elle n'est pas aussi désagréable qu'il n'y paraît, avoua le légionnaire familial en s'asseyant sur son lit.

— Qu'a-t-elle de différent ? Tu me la décrivais comme une vipère il y a trois jours, rit Léonidas en prenant place sur son propre lit, en face du sien.

— Peux-tu garder un secret pour moi, mon frère ? demanda alors Hélios prudemment.

— Mon ami, je suis une tombe, tu le sais bien, confirma Léonidas en se déséquipant.

— Elle dépouille son père, murmura alors Hélios en esquissant un sourire, impatient de constater la réaction de son meilleur ami.

— Oh ? Ah ah ah ah ah ! éclata de rire Léonidas en retombant à plat dos sur le matelas.

— Sois discret, je t'en supplie, pria Hélios en épiant autour d'eux la réaction de leurs camarades.

— À qui donne-t-elle tout cet or ? s'esclaffa Léonidas en redressant la tête.

Soudain, Japet les rejoignit à tâtons et s'imprégna dans la conversation en tapotant plutôt violemment la nuque d'Hélios.

— Que nous valent ces messes basses ?

— Elle les confie à des orphelins des quartiers sud, poursuivit Hélios en ignorant le commentaire de Japet.

Le jeune homme venait de commettre une terrible erreur en reprenant son récit sous des oreilles attentives et malintentionnées…

Ainsi, le lendemain matin, Hélios récupéra les restes des petits-déjeuners de ses camarades de dortoir et les apporta à Ariane :

— Vous ne plaisantiez donc pas hier ? questionna la jeune noble en souriant, tout en attendant au centre du patio.

Le jeune légionnaire transportait une besace visiblement bien remplie et lourde.

— Doutiez-vous de ma bonne foi, « lady Blossius » ? taquina alors Hélios en arrivant à sa hauteur.
— Absolument pas ! répliqua-t-elle de manière taquine le sourire aux lèvres. Un petit coup de main peut-être ? suggéra-t-elle en regardant la besace.
— Inutile. Je n'oserais pas user vos charmantes mains, renchérit-il en reprenant son ton sarcastique.

Le sarcasme était un moyen de communiquer qui leur correspondait tout à fait. De plus, ces échanges semblaient les rapprocher davantage à chaque reprise.

Ils arrivèrent quelques minutes plus tard à l'orphelinat qui vibrait des rires d'enfants lorsqu'Ariane ouvrit la porte du domus.

— Bonjour à tous ! s'exclama-t-elle, assurant ainsi le silence complet de la petite habitation.

Hélios lui emboîta le pas timidement.

— Aujourd'hui, je vous emmène un peu de compagnie en plus de la mienne, reprit Ariane en s'écartant légèrement de la trajectoire pour que les regards de tous s'écrasent sur le légionnaire qui ôtait son casque.

— Tiens donc, un visage non méconnu ! remarqua la vieille dame qui avait jadis rencontré Hélios ici même.

— Madame, salua gentiment le jeune soldat, non sans gêne. Il fut plus qu'impoli la dernière fois.

— Phèdre, je te présente Hélios. Mon ami, finit Ariane, sur ces mots qui troublaient plus que de raison notre légionnaire.

— Je vous ai apporté les restes des légions, expliqua sans détour Hélios en tendant la besace à demi ouverte à Phèdre.

— … Cette dernière épia ardemment le jeune homme comme si elle cherchait une once de parjure.

— Ne crains rien, il ne nous dénoncera pas, rassura Ariane devant son analyse.

— C'est ce que nous verrons, trancha-t-elle en saisissant la besace fermement.

Hélios ne sut si elle allait lui sauter à la gorge, pensant passer un examen. Même le capitaine Gildas paraissait moins effrayant que cette femme.

— Rassurez-vous, elle grogne plus qu'elle ne mord, lui susurra Ariane au creux de l'oreille.

L'expression qu'elle venait d'employer fit pouffer de rire le légionnaire. Puis elle le conduisit dans les autres pièces du domus.

Ariane prit place au centre de la pièce plutôt sombre et tassée. Là, sur le sol, reposait un tapis de fils de lin entrelacés. Il était ravissant. Hélios s'installa auprès de la jeune noble qu'il accompagnait. Cette dernière entreprit de partager les repas aux bambins qui s'étaient placés à la file indienne face à elle.

Ensuite, les paîs commencèrent à jouer à une partie de Ta Mila[5].

— Hélios, viens dans mon équipe, supplia la petite Daniela, dite « Dana », en tirant sur le bras du soldat assis par terre.

Elle était si petite que, même assis, Hélios semblait plus grand qu'elle. Il accepta devant tant d'insistance. Ainsi, le légionnaire, que les paîs pensaient être le plus fort, devint membre de l'équipe dorée aux côtés de Daniela, Achille, Léandre et Thémis. Ariane fut choisie ou plutôt forcée, par Virgile et Orphée pour rejoindre l'équipe d'Argent constituée des deux susnommés, puis de Nao et d'Ajax.

Les deux équipes étaient en formation dans l'arrière-cour du domus. Ce petit terrain était cloîtré entre les domus mitoyens, comme enfermé…

Dana, qui organisait le jeu, tendit un foulard jauni à Hélios et un gris sale à Ariane.

---

[5] Jeu de la pomme, très souvent pratiqué par les enfants dans l'Antiquité.

— Connaissez-vous les règles ? demanda Ariane tout en nouant le foulard à son poignet.

— Absolument pas ! affirma le légionnaire avec un sourire de vaincu.

— Rien de sorcier, rassura la jeune noble en aidant le soldat à nouer son propre foulard. Il s'agit du jeu de la pomme. Le but est d'éliminer le plus de joueurs adverses avec une balle. Ariane marqua un temps d'arrêt en pointant du menton la balle que tenait Ajax. Mais le vainqueur est celui qui remporte le plus de pommes, finalisa Ariane en pointant à présent le panier rempli de fruits rouges que Phèdre déposait à proximité du terrain de jeu.

Elle acheva sa tâche et rejoignit les paîs.

— Une minute, comment gagne-t-on les pommes ? Ariane ? appela-t-il, mais en vain. La jeune femme l'ignorait taquinement.

Enfin, Phèdre, qui fit office d'arbitre, siffla le début de la partie. Virgile attrapa la balle en premier, la lança sur Léandre qui l'esquiva habilement, mais la balle atteignit Achille qui était juste derrière, il fut donc le premier éliminé. « Je vois », souffla Hélios intérieurement en pensant que les parties allaient être très rapides.

La balle passa à l'équipe adverse. Dana engagea la balle, fit mine de l'envoyer sur Nao et finalement passa la balle à Hélios juste à côté d'elle. Pris au dépourvu, il fut encouragé à lancer l'objet sur Ariane, ce qu'il fit, mais en vain. La jeune femme saisit l'objet à pleine main.

« Une pomme pour Ariane ! » s'exclama Orphée le sourire aux lèvres.

— L'équipe d'argent ouvre les points, énuméra Phèdre en notant à l'aide d'une craie les points sur un mur de la cour.

— C'est donc comme ça que l'on gagne des pommes, comprit Hélios en hochant du menton vers Ariane qui leva les mains en l'air en signe d'approbation.

— Prêt à perdre, légionnaire ? continua Ariane en reprenant sa position de jeu.

— Nous verrons cela, répliqua Hélios en reprenant lui-même sa position.

La balle fut remise en jeu et Thémis engagea la nouvelle partie. Elle lança cette dernière sur Ajax qui l'esquiva rapidement et manqua de s'emmêler les pieds. Ariane la réceptionna derrière lui. « Une nouvelle pomme pour l'équipe d'argent ! » s'exclama avec enthousiasme Phèdre.

Dana et ses coéquipiers grognèrent de frustration. Hélios fit de même. Même au cours d'une partie de jeu pour enfants, elle lui était insupportable. L'équipe dorée ouvrit une nouvelle partie, cette fois-ci, Léandre lança la balle à Hélios qui l'envoya sur Orphée. « Orphée, tu es touchée ! » l'élimina Phèdre. La petite fille quitta le jeu dépitée.

— N'abîme pas ton visage avec des larmes, petite fleur. Tu as très bien joué, la rassura Hélios d'un sourire réconfortant. La fillette arbora à son tour un éclatant sourire et des pommettes rougissantes face au compliment du jeune homme.

Ariane se surpris à ressentir une vague de douceur dans ton son corps. Il avait un certain talent à communiquer avec les enfants et à leur arracher un sourire.

Ce qui touchait plus que de raison la jeune femme.

La partie s'enchaîna avec Ariane qui lança la balle à Nao, qui la lança à Ajax, qui se trouvait en face de Dana. Cette dernière fit une défense impénétrable. Preuve qu'elle avait déjà joué à ce jeu jadis. Ajax renvoya la balle à Ariane qui la lança sur Hélios. Pris au dépourvu, il manqua d'être touché par l'objet et finalement, le saisit à pleine main.

Son adversaire souffla d'agacement.

« Elle est donc une mauvaise perdante ? » comprit Hélios en examinant sa réaction.

« Une pomme pour l'équipe dorée ! Il était temps, soldat ! » taquina Phèdre en inscrivant le score.

« J'approuve », admit Hélios en lui répondant.

Le jeu s'enchaîna. Au final Ariane fut éliminée par Hélios en personne et l'équipe dorée récolta plus de pommes que l'équipe d'argent.

— Pas trop déçue, my lady ? se moqua le jeune homme en donnant un léger coup d'épaule à la concernée.

— J'aurais ma vengeance, défia-t-elle.

En effet, les jours et semaines suivantes, Hélios la secondait toujours en direction de l'orphelinat. Une certaine routine s'était instaurée, et leur amitié ne devenait que plus grande chaque jour.

Au matin du 20 octobre, Hélios se réveilla sur les coups de 4 heures à la caserne. Sa nuit fut courte et embrumée de songes contradictoires. Léonidas s'éveilla à son tour et constata l'humeur plutôt sombre de son ami :

— Petite nuit ? demanda-t-il en l'examinant et en s'étirant dans son lit.

— … Est-ce normal de songer à la fille de son maître ? reconnut-il agacé par les souvenirs de ses rêves.

— Qu'as-tu dit ? s'exclama Léonidas en sautant du lit. Comme s'il attendait ce moment depuis toujours.

— Caedelius. Interrompit un centurion. Le capitaine te réclame.

— Bien, j'arrive tout de suite, répondit-il perplexement en tentant de réveiller son esprit encore endormi.

— Vite, lady Blossius vous attend, reprit-il fermement en leur tournant le dos.

— Elle est là ? Hélios, elle est là ! hurla presque Léonidas.

Bien évidemment, le cri de son ami avait éveillé tous les occupants du dortoir. Hélios se leva péniblement et Léonidas ainsi que Japet le succédèrent avec plus ou moins de discrétion. Ils attendirent Hélios à l'entrée du cabinet de Gildas en tendant l'oreille.

— Capitaine, minauda Hélios, toujours ensommeillé. Il aurait pu bâiller à s'en décrocher la mâchoire.

— Caedelius, votre maîtresse vous attend à la grande porte et bien qu'elle aurait pu patienter jusqu'au lever du soleil, il paraît que c'est urgent. Il n'apporta pas plus de précision et se mura dans le silence.

Le jeune soldat ouvrit alors la porte du cabinet et tomba nez à nez avec ses camarades. « Par pitié, soyez discret », supplia Hélios en se dirigeant vers la grande porte de la caserne.

Léonidas était à s'y méprendre une vraie puce excitée et Japet semblait venir tel un spectateur à une représentation de marionnettes.

Hélios s'avança et l'aperçut. Il avait cette sensation terrible qu'un événement allait tout bousculer dans sa minuscule tête de mercenaire. Un événement, incroyable et sans retour en arrière.

— Ariane, que faites-vous là ? Vous semblez gelée, remarqua-t-il.

— J'aurais dû me couvrir davantage, admit-elle en tendant la besace dans laquelle Hélios transportait les repas des légions. Il l'avait visiblement oublié la veille à l'orphelinat.

— Cela n'aurait pas pu attendre l'aube ? questionna-t-il étonné avec un sourcil relevé et en saisissant la fameuse besace.

— … Elle esquissa un non du menton tout en croisant les bras sous sa poitrine pour se réchauffer.

— Je vous écoute, poursuit-il en avalant avec difficulté sa salive. Son cœur s'affolait. Que voulait-elle lui dire ?

— Si je ne m'abuse nous nous entendons correctement ? avança-t-elle sans certitude.

— Correctement ? répondit Hélios, abasourdi. Je suppose que c'est une manière de qualifier notre « relation », confirma-t-il, sentant que cette conversation déboucherait sur une trahison.

— Nous nous apprécions n'est-ce pas ? Un peu, du moins… Elle souffla cette dernière phrase comme un murmure d'espoir ou une demande de confirmation.

— Assurément, confirma-t-il en essayant de calmer ses multiples battements de cœur et ses frissons.

— Je sais que c'est inconvenant, mais j'aurais une requête, tenta-t-elle avec plus d'assurance dans sa voix et en braquant ses jolis yeux bruns dans les siens.

— Je vous écoute, répondit Hélios en essayant de retrouver une respiration normale et en soutenant son regard.

— J'aimerais que nous soyons, un peu plus que de simples… connaissances, acheva-t-elle avec le peu d'air et de dignité qui lui restait.

Un léger silence s'instaura entre eux. Hélios savait combien elle prenait des risques pour oser faire une demande aussi inconvenante. Elle demandait à être courtisée par un simple mercenaire. Elle, une noble dame. Elle avait fait preuve de courage et Hélios ne l'en aimait que davantage.

— Au nom de Zeus, allez-vous me répondre ? s'impatienta-t-elle rouge comme un piment.

— J'aimerais beaucoup Ariane, sourit-il en réponse. Elle risquait le courroux de son père seulement pour être avec un homme de basse naissance.

— J'en suis heureuse, répondit-elle en soupirant de soulagement.

— Puis-je ? poursuit-il en ouvrant ses bras, proposant une étreinte à sa dulcinée.

Elle ne lui apporta pas de réponse, seulement une avancée pour accueillir son étreinte et lui en apporter une en retour.

Après cet échange, Ariane se contenta de le saluer et de retourner à la villa Blossius. Hélios se retourna vers ses deux compagnons, aux aguets et tapis dans la pénombre des murs de la cour de la caserne. L'un arborait un sourire jusqu'aux oreilles, l'autre était suspicieux.

En regagnant leur dortoir, Léonidas bombardait de questions Hélios, qui était foudroyé du regard par Japet.

— Il faut remarquer qu'elle est charmante ! remarqua Léonidas en se vautrant littéralement sur son lit et en attrapant son équipement de soldat qu'il revêtait tout en parlant.

— Je le reconnais, haussa des épaules le légionnaire familial. J'ignore où cette aventure va nous mener… soupira-t-il.

— Mon frère, que tu la prennes comme épouse ou non, tu vivras une belle histoire avec cette femme, interrompit Léonidas toujours aussi enthousiasmé.

— Tu pourras enfin me raconter comment est l'intérieur d'une noble dame Hélios ! trancha Japet qui était debout et prenait part aux réjouissances.

— Ne lui manque pas de respect mon ami, coupa alors Hélios d'un ton cassant.

— Pourquoi tant de haine ? reprit-il en s'asseyant aux côtés de son soi-disant ami. À moins que tu ne l'aies déjà possédée ? poursuit-il avec une lueur malfaisante dans le fond des yeux.

Envahit par la colère, Hélios brandit le col de la chemise de Japet et le plaqua contre le mur du dortoir avec une force qu'on ne lui connaissait pas.

— Quelle agressivité, tu dégainerais ton glaive pour cette péronnelle ? se moqua Japet nerveusement.

— Ça suffit. Je t'interdis de salir davantage sa vertu. Encore un mot et je te détruis ! menaça-t-il, ivre de rage, et les poings serrés.

— Tu croiserais le fer avec l'un de tes frères Hélios ? provoqua Japet.

— Tu n'es plus mon frère, cracha Hélios en libérant son étreinte forcée. À tel point que Japet manqua de tomber au sol.

Hélios quitta le dortoir, équipement en main, suivi par Léonidas. Laissant derrière eux un Japet fou de jalousie et de vengeance. Son but ? Détruire tout ce qu'aimait Hélios.

Ainsi, c'est deux jours plus tard que toute cette tension prit une tournure inattendue. Alors que le légionnaire familial se rendait à la villa Blossius, comme à son habitude, il rencontra Maximus l'air sombre à l'entrée du patio.

— Monsieur, s'inclina poliment Hélios en arrivant à sa hauteur.

— Arrêtez avec vos respects, balaya son maître d'un geste du bras froidement.

— Je vous demande pardon ? s'étonna le légionnaire en se redressant.

— Retournez d'où vous venez et ne remettez pas les pieds ici, ordonna le sénateur en fusillant du regard le soldat.

— Puis-je connaître la raison de cette réaction ? demanda-t-il, le ton de sa voix commençant à devenir plus franc.

— Vous remercierez votre camarade d'arme qui m'a aimablement avoué vos batifolages avec ma fille unique, affirma avec fierté Maximus en effectuant un autre geste de la main.

— Pourrais-je connaître son nom ? Bien que je pense savoir de qui il s'agit… réfléchit Hélios à haute voix.

— Il portait un nom à la grecque : Japhet, je crois, répondit le sénateur en écorchant le nom de l'informateur.

« Japet, fils de chien », grogna intérieurement Hélios, sentant la colère monter. Puis il quitta la demeure sans prendre la peine de présenter ses respects au noble devant lui. Il comptait bien s'entretenir avec son traître « d'ami », mais tout d'abord, il devait parler à Ariane. « Certainement prisonnière de ses appartements dans la villa », pensa Hélios en effectuant le tour de la demeure jusqu'à la fenêtre de sa bien-aimée.

— Ariane ? appela-t-il d'abord tout bas pour n'alerter personne. Ariane ? reprit-il plus distinctement.

— … Son doux visage attristé apparut derrière la fine vitre, mais elle ne l'ouvrit point.

Comprenant que cette dernière était barricadée, il escalada la façade étranglée par la glycine.

En arrivant de l'autre côté de la vitre, il sourit :

— Tu peux m'entendre ? questionna-t-il incertain.

— Oui, prononça-t-elle. Sa voix était floue, comme si elle parlait sous l'eau.

— Je vais te sortir de là. Je te le promets, affirma-t-il en posant sa paume contre la vitre si fine et pourtant si épaisse.

— Je t'attends, confirma-t-elle en posant sa propre paume de l'autre côté.

— Je dois juste régler un détail avant, avoua-t-il en fronçant légèrement les sourcils.

— Donne-lui une gifle de ma part, affirma-t-elle en imitant son air vengeur tout en comprenant qu'il parlait de Japet.

Hélios se contenta de sourire une autre fois, fier de son caractère fougueux. Puis il sauta du rebord de la fenêtre en tombant à pieds joints au sol. Il regagna la caserne, prêt à en découdre.

— Où est-il ? demanda l'ancien légionnaire de la famille Blossius, sans faire preuve de discrétion.

— Hélios, apparut Léonidas à la porte des douches, qu'y a-t-il ? Tu sembles… tendu, remarqua-t-il.

— Japet. Sais-tu où il se trouve ? reprit-il en se laissant envahir par la colère.

— Je l'ignore, mais calme-toi, mon frère, rassura son ami en enroulant un bras sur ses épaules et en le conduisant à l'écart de leurs camarades.

— Pardonne-moi… souffla bruyamment Hélios en jetant sa tête en arrière. Japet a souillé la réputation d'Ariane, elle est condamnée à rester à la villa Blossius et j'ai… Il s'étrangla sur ce dernier mot.

— Tu as quoi ? reprit Léonidas en l'examinant.

— J'ai été démis de mes fonctions, avoua-t-il le cœur serré. Ceci était un véritable déshonneur pour un légionnaire.

— Es-tu sûr que c'est Japet l'Éphialtès[6] ? poursuit-il, ne pouvant croire à la trahison de leur ami pourtant si cher.

— Absolument certain, Maximus l'a dénoncé, répondit Hélios en braquant son regard dans le regard bleuté de Léonidas.

Bien décidé à l'attendre, Hélios fit les cent pas dans la caserne. Léonidas se joignit à lui, croyant pouvoir raisonner Japet, mais il ne vint jamais.

Au petit matin, c'est Gildas lui-même qui vint les trouver sous les cloîtres de la cour.

— Pesentus, Caedelius, salua d'un hochement de menton leur capitaine en arrivant à leur hauteur.

— Avez-vous des nouvelles de Japet ? demanda d'un ton criard Léonidas.

— Il a été aperçu entre la Porta di Stabla et la Porta Norcera dans les bas quartiers.

— J'y vais ! affirma Hélios, les bousculant presque en se dirigeant vers la sortie de la cour.

---

[6] Mot en grec ancien pour désigner un traître.

— Hélios, attends ! retint son capitaine en se retournant à moitié vers lui.

Ce dernier se figea quand il entendit pour la première fois Gildas le tutoyer. Léonidas fit de même.

— Arme-toi, conseilla-t-il en baissant les yeux dans un murmure.

Il venait de lui ordonner de l'éliminer indirectement.

— Pourquoi ? susurrèrent avec difficultés les deux jeunes légionnaires en comprenant l'ordre de leur supérieur.

— Quelle est la première leçon qu'on vous enseigne ? demanda Gildas plus fermement.

— … Hélios réfléchit au plus profond de sa mémoire, mais c'est son ami qui trouva la réponse avant lui :

« On ne trahit pas un frère d'armes. »

Ce dernier baissant les yeux en prononçant cette phrase difficile à assimiler.

— Entendu ? reprit le capitaine en les lorgnant l'un après l'autre. Exécution Caedelius, désigna alors Gildas en reprenant la direction de son cabinet.

Hélios reprit sa route vers la région I et les bas quartiers. Et bien que Léonidas eût insisté pour le soutenir, ce dernier avait refusé. Préférant le garder en sécurité pour libérer

Ariane s'il ne lui arrivait malheur. Japet était un maua[7], mais un bon combattant. Hélios allait peut-être y laisser sa peau…

Il croisa son vieil ami aux abords du Grand Théâtre, près de la Porta di Stabla.

— Je savais que tu viendrais, vieux frère, assura Japet main sur la poignée de son glaive encore au fourreau.
— Je ne suis plus ton frère, rappela Hélios froidement en cherchant à son tour la poignée de son arme.

Le soleil perça soudain derrière les colonnes du Théâtre. Une légère brume s'élevait dans l'air à quelques centimètres du sol. Il faisait frais ce matin-là, il devait être près de 8 heures du matin.

Comme chaque matin, on percevait le bruit des échoppes qui se montaient sur la grande place, en plein cœur de la région IX. Les chiens et le bétail des paysans de la région IV et V, au nord de la ville, s'éveillaient et réclamaient leur ration matinale. Les mouettes poussaient des cris stridents en écho de ceux des pêcheurs entre la Porta Ercolano et la Porta Marina.

La cité ne semblait pas s'inquiéter de l'affrontement de deux légionnaires. Mais plus encore :

---

[7] Insulte en grec ancien pour désigner un vaurien.

Le sol se mit à trembler. Hélios regarda ses jambes flageller sans pouvoir les contrôler. Puis il regarda Japet qui fit de même. Ainsi, les murs des domus, pourtant solides, non loin d'eux, tremblaient comme des feuilles mortes. Si fort que Hélios dut s'accroupir pour ne pas s'écrouler.

Dans le regard de Japet, il crut apercevoir de l'inquiétude. Mais aussi dans les cris de stupeur des habitants. Ils n'étaient donc pas les seuls à ressentir ces secousses. Puis une explosion retentit. Gigantesque, fracassante, assourdissante. Tellement, que les légionnaires durent se boucher les oreilles.

Quand ils relevèrent la tête, l'air qui était jadis calme et reposant devint plus sombre. Le soleil avait été chassé par un nuage gris sombre qui surmontait la montagne. Il grandissait chaque seconde un peu plus, accompagné par le tremblement, plus léger cette fois, du sol. Hélios put se redresser sur ses jambes et admirer impuissamment le spectacle horrifique qui se tenait devant lui. « Quelle est cette calomnie ? » s'inquiéta-t-il intérieurement, pensant à une colère divine.

Soudain, le nuage monstrueux sembla s'effondrer légèrement. S'en suivirent une première, puis une deuxième, puis une troisième… Bientôt, des centaines de pierres enflammées plurent tout autour d'eux. Hélios eut le réflexe de se jeter sous le préau d'un domus, derrière lui. Ce ne fut pas celui de Japet. Une pierre d'environ un mètre par un mètre s'abattit littéralement du ciel avant de s'écraser contre lui.

« Japet ! » hurla Hélios à plat ventre, les mains sur la tête. Il venait d'assister à la mort de son ami et n'avait rien pu faire. Ce dernier n'avait pu que mourir sur le coup.

Comprenant que la mort allait probablement le frapper à son tour, Hélios sentit un désespoir l'envahir. Soudain, l'une des colonnes du théâtre fut transpercée et détruite par l'une de ces pierres incandescentes. « La cité entière va être détruite… » remarqua alors le jeune homme en regardant la pluie de pierres, devenant plus importante.

« Même les villas… » souffla-t-il intérieurement. « Les villas ? » réalisa-t-il à voix haute cette fois-ci. « Ariane ! » Il se leva d'un bon et prit soin d'enfiler son casque pour protéger sa tête. Du moins, la protéger des plus petites pierres. Il se saisit aussi de celui de Japet qui avait volé quelques mètres plus loin, il lui servirait évidemment pour Ariane.

Du moins, s'il arrivait à temps.

Alors qu'il engagea une course effrénée en traversant la via Del Vésuvo. Les habitants hurlaient de peur dans cette rue, et partout dans la cité d'ailleurs. Le suppliant de les aider pour certains, d'autres le bousculant à leur passage. Le sol devenait de plus en plus encombré de cendres, plus il remontait vers les quartiers les plus proches de la montagne.

L'air avait cette odeur nauséabonde d'œufs avariés. Irrespirable ! Et toutes ces pierres qui chutaient sans cesse, tuant des civils encore non abrités.

Hélios prit soin de longer les préaux, et bien qu'il risquât de se faire écraser par des décombres, c'était toujours mieux que de mourir comme Japet.

— Hélios ! hurla une voix au croisement de la région IX et de la région VII. À peine perceptible, mais Hélios la reconnut aussitôt :

— Léonidas ! s'exclama-t-il en rencontrant le bras levé de son ami au-dessus de la foule apeurée.

Ils se serrèrent mutuellement l'un, l'autre.

— Que fais-tu là ? Fuis ! ordonna Hélios l'air grave et furieux.

— Je viens avec toi. Tu vas chercher Ariane n'est-ce pas ? questionna-t-il en hurlant presque, la rue résonnant des cris des habitants et de la pluie s'abattant sur les tuiles.

— Non, j'ai besoin que tu récupères une chaloupe, on se rejoint au Port, coupa son ami.

Une pierre s'écrasa près de leur abri, ce qui les expulsa quelques mètres plus loin.

— Tu es toujours avec moi ? Hélios ? secoua Léonidas après avoir récupéré ses esprits.
— C'est bon, je suis là, confirma ce dernier en crachant la poussière qu'il venait d'avaler.
— En route, Ariane a besoin de toi, reprit Léonidas en aidant son ami à revenir sur ses jambes et en le poussant sous un nouvel abri.

Ils se quittèrent ainsi, avec pour unique au revoir une tape amicale dans le dos. Hélios reprit ses esprits, tentant de chasser ce sifflement incessant dans ses oreilles. Il avança tout d'abord à tâtons en s'appuyant sur les murs des domus.

Il accéléra le pas quand une énième explosion de la montagne retentit, envoyant des centaines de milliers de pierres brûlantes sur les régions VI et V, là où était encore enfermée sa bien-aimée.

Pourvu qu'il arrive à temps.

En arrivant à l'angle de la villa Blossius, cette dernière n'était plus qu'un amas de cendres, celles-ci longeant et grignotant la façade devenue noire. Le toit était en feu, la partie Est effondrée. L'effroi envahit le cœur d'Hélios. « Mon dieu non ! » supplia-t-il intérieurement.

Hélios fit le tour de la villa en direction de ce qu'il restait des appartements de la fille de Maximus. Il escalada la façade qui resplendissait jadis. Et bien que celle-ci semblait intacte, elle était instable et menaçait de s'effondrer à tout moment.

— Ariane ! cria-t-il en frappant de toutes ses forces contre la vitre. Mais ce qu'il vit le glaça jusqu'au sang.

Un trou béant ornait le cœur de la pièce, du plafond jusqu'au sol. « Il fallait être béni des dieux pour survivre à cela » la vérité frappait le cœur pourtant rempli d'espoir du jeune soldat. Elle ne pouvait pas être morte. Cela lui était impossible.

Il sauta de la bordure de la fenêtre, se releva malgré la chute et accourut vers l'intérieur de la villa à présent pleinement accessible. Seule une partie du patio était encore debout. « Ariane ! » appela-t-il impatiemment. Aucune réponse. « Ariane ! » reprit-il plus ardemment. « Je t'en prie », prononça-t-il en fouillant les débris.

Soudain, un couinement lui parvient du cabinet de Maximus. La porte était intacte.

— Hélios ! appela une petite voix étouffée à l'intérieur.
— Ariane ? Je suis là, répondit-il en reconnaissant sa douce voix. Il appuya sur la poignée, força l'ouverture. En vain.

— Elle est bloquée, je n'arrive pas à sortir, assura-t-elle en frappant contre le bois du mur qui les séparait.

— Recule !

Elle s'exécuta et recula de quelques mètres. Le légionnaire donna de grands coups de pied, d'épaules, de genoux dans cette porte résistante. Un craquement se fit entendre.

— Ça va s'effondrer, remarqua Ariane de l'autre côté.

— Mets-toi le plus à l'abri, ordonna Hélios en multipliant ses efforts.

Le jeune homme asséna un tout dernier coup d'épaule et la porte vola littéralement en éclat. Bien trop abîmée par la chaleur et le poids des fondations.

Une courte fierté envahit l'âme du légionnaire, puis il se concentra de nouveau sur son objectif :

— Ariane ? appela-t-il en pénétrant dans la pièce délabrée. Et effondrée…

Aucune réponse ne lui parvint. L'écroulement, aurait-il eu raison de la jeune femme ?

— Ariane ? reprit-il désespérément. Il fouilla de nouveau les décombres sous un ciel enragé qui donnait une vue entière sur une montagne en colère.

Ils se situaient juste en dessous de ce nuage noir menaçant. Tout en activant davantage ses recherches, il perçut la main d'Ariane dépassant de quelques débris. Par chance, elle n'avait pas été écrasée, seule une vilaine blessure saignait sur son front.

— Zeus, si tu me l'as prise, rends-la-moi ! supplia-t-il à voix haute en la redressant au creux de ses bras.

Ses billes ambrées s'ouvrirent avec difficulté.

— Tu es revenu me chercher, prononça-t-elle avec des perles au coin des yeux.

— Comme je te l'avais promis. Peux-tu te lever ? Elle acquiesça et prit appui sur ses bras solides. Mets ça. Il lui passa le casque pour protéger sa tête.

Ils quittèrent les ruines de la villa Blossius et empruntèrent la Via de la Fortuna en direction du port. Là où Léonidas devait les attendre, avec un peu de chance.

Cependant, les rues avaient déjà beaucoup changé en l'espace d'une demi-heure. Tout était en feu, la pluie s'était intensifiée, ressemblant à une brume de poussière. Plus aucune lumière ne perçait, excepté celle des flammes. Le sol était lunaire et chaud, ne facilitant pas l'ascension.

— Où est mon père ? demanda avec inquiétude Ariane derrière Hélios qui lui serrait la main.

— Je l'ignore, avoua-t-il en tirant sur son bras.

— Ne devrions-nous pas aider les enfants et Phèdre ? retint-elle en laissant échapper une larme froide. Elle savait qu'il n'y avait plus rien à faire pour eux, et pourtant…

— Nous allons nous en sortir. Viens. Elle hocha de la tête et le suivi à nouveau.

Chacun s'appuyant sur l'autre pour arpenter ce terrain accidenté.

Les hurlements devenaient de moins en moins perceptibles à mesure qu'ils s'approchaient de la plage. Était-ce parce que les habitants étaient enfermés à double tour chez eux, ou bien avaient-ils déjà succombé ? Ils l'ignoraient.

Bientôt, ils aperçurent la mer.

La montagne cracha une énième explosion quand ils reconnurent Léonidas, auprès d'une chaloupe sur la plage à proximité de la Porta Marina. Cette explosion paraissait plus forte que les précédentes et elle libéra une quantité abominable de pierres qui s'écrasèrent absolument partout sur ce qu'il restait de la cité. Avant que la plupart ne s'écrasent sur eux, Hélios poussa Ariane sous un porche encore à peine debout. Il ne put la rejoindre à temps, puisqu'une pierre s'abattit sur l'un de ses bras. Il tomba au sol.

Ariane attrapa la cape déchirée de son amant et le tira jusqu'à elle, à l'abri.

— C'est déboîté, affirma-t-elle. Essaye de t'appuyer contre moi, expliqua-t-elle en l'aidant à poser son dos contre son buste. Je ne vais pas avoir le temps de te la remettre, mais… Elle s'interrompit en déchirant un morceau de la cape et façonna un semblant de pansement pour immobiliser son bras.

Elle l'aida à se remettre sur pied, le soutenant en reprenant leur marche encombrée vers Léonidas qui les reconnut quelques minutes plus tard. Accourant difficilement à leur rencontre.

Alors qu'il sombrait de plus en plus dans l'inconscience, le corps d'Hélios pesait de plus en plus. Bien trop pour le gabarit de la jeune femme.

Ariane avait des difficultés à reprendre son souffle. Toussant à chaque inspiration, ses poumons flamboyant à cause de cette odeur nauséabonde. Même ses cheveux commençaient à brûler à cause de la chaleur. Ses yeux s'embrumaient à chaque centimètre. La couche de cendre arrivait désormais au niveau de ses genoux et bien qu'elle se battît, ses forces l'abandonnaient.

Elle s'effondra à son tour en embarquant Hélios dans sa chute. Les ténèbres l'envahirent quand son esprit prononça ces mots : « Pardonne-moi… ». Elle ferma les yeux et la dernière chose qu'elle vit fut le visage endormi d'Hélios.

Pompéi brûla pendant près de 48 heures. Dans le ciel obscurci, seule la lumière flamboyante du volcan en éruption permettait aux témoins des cités avoisinantes de voir l'effroyable spectacle. Ceux qui n'avaient pas fui au cours des 7 premières heures de l'éruption y sont restés.

La nuée ardente s'est abattue sur Herculanum, puis Pompéi au cours des dernières heures de l'éruption. Balayant les derniers survivants, les brûlant à feu vif en une fraction de seconde.

Cette catastrophe fut responsable de milliers de victimes, dont environ 2000 rien qu'à Pompéi.

Il faudra 19 siècles, pour que les restes de ces cités et leurs victimes soient retrouvés et le phénomène, étudié.

Mais ce n'est pas ainsi que s'achève notre histoire…

Une lumière perçante traverse les paupières d'Hélios qui ouvre les yeux après plusieurs jours de coma. La lumière est aveuglante, presque douloureuse. Mais avec un temps d'adaptation, elle devient douce et rassurante. La lumière d'un matin qui perce au travers des nuages. Sa couleur est orangée et chaude. Comme réconfortante. Est-il mort ? Il ne le croit pas.

— Mon bras ? s'étonnant de ne pouvoir le bouger, le légionnaire ouvre pleinement les yeux pour avoir connaissance de ce qui le bloque.

« Un bandage ? » reconnaît-il à voix haute en touchant le tissu enroulé autour de son bras blessé. Puis il se redresse en prenant appui sur son membre en bonne santé.

La pièce où il se trouve est en réalité une sorte de petit dortoir. Seuls quelques lits ont pris place de part et d'autre de la pièce. Certains d'entre eux sont occupés.

Soudain, sa mémoire lui revient et les ténèbres de cet événement terrible. Des boules de feu qui transperçaient le ciel assombri, des domus par milliers en flammes, brûlant à feu vif de pauvres gens prisonniers. Et des cris, mon dieu, des cris terrifiants. Des cris de victimes poussant leurs derniers souffles de vie, des gens face à la mort glaçante et inévitable.

Et Ariane… Où était-elle ? Le jeune homme lorgna à droite, puis à gauche de la pièce. Mais aucun lit ne contenait le corps frêle de son amante. Aucune chevelure châtain ne dépassait des draps. Était-elle ?... Non ! Impossible, Hélios ne voulut pas y croire.

Il souleva les draps qui le recouvrait et posa pied à terre. Et malgré une douleur lancinante qui envahit son dos et ses jambes, il se mit debout et arpenta le bâtiment.

Ce dernier était vaste. Des balcons entouraient le dortoir, il sortit sur ces derniers et se délecta du vent frais et pur. Un air qu'il n'aurait jamais cru respirer à nouveau.

— Mon frère, tu es réveillé ? prononça une voix sur sa gauche.

Hélios sourit en se retournant vers Léonidas. Il avait tenu promesse, le bougre. Il les avait donc sauvés ? Mais cela n'expliquait pas l'absence d'Ariane.

— Nous sommes à Misène. Quand je vous ai trouvé, nous avons traversé la baie jusque-là, Expliqua Léonidas qui a compris que son ami avait besoin d'éclaircissement.

— Comment pourrais-je te remercier ? comprit-il en enlaçant son précieux ami.

— C'est Ariane qu'il faut remercier, elle t'a traîné jusqu'à la plage alors que tu étais dans un sale état, poursuivit Léonidas en tapotant le dos d'Hélios.

— Où… Hélios ne put terminer alors sa phrase.

— Là-bas, coupa alors son ami en pointant l'opposé du balcon.

Hélios sourit et se dirigea vers l'endroit indiqué. En effet, une chevelure châtain voltigeait au gré du vent face à l'immensité de la baie qui était en réalité au pied du bâtiment. Ariane était tournée vers les vagues de la baie qui fouettaient les rochers de la falaise. Plus loin, on pouvait encore apercevoir les ruines de Pompéi qui fumaient.

Hélios s'approcha d'elle en glissant sa main non blessée sur la rambarde. Ses yeux se perdirent sur le nuage de fumée qui englobait encore l'autre rive napolitaine.

— C'est déconcertant de la voir brûler encore, alors que deux jours sont passés, prononça alors la voix écorchée de tristesse d'Ariane qui reconnut la présence de l'homme qu'elle aimait.

— Je le reconnais, répondit Hélios en déposant un baiser dans ses cheveux pour la rassurer.

— Comment te sens-tu ? poursuit-elle en déposant enfin son regard brun sur lui.

— Cela pourrait être pire, répondit-il en haussant les épaules et levant les yeux au ciel. Et toi ? demanda-t-il à son tour en caressant une vilaine cicatrice qui ornait son front.
— On ne peut mieux, affirma-t-elle avec un faux sourire.

En réalité, leurs cœurs mutuels pleuraient les milliers de personnes victimes de cette catastrophe et qu'ils avaient tous deux connus.

Phèdre et tous les enfants de l'orphelinat, le capitaine Gildas, Japet et tous les légionnaires, Maximus Blossius, les habitants de Pompéi, Herculanum et toutes les autres cités qui furent rasées.

Ils se serrèrent dans leurs bras en regardant la fin de ce spectacle sordide, tout de même heureux d'en avoir réchappé.

Cette troisième histoire présente des personnages fictifs qui auraient pu avoir réellement jonché le sol de Pompéi en ce jour tragique du 24 octobre de l'an 79. J'espère que les personnages de Hélios et d'Ariane vous auront touchés, tout comme moi en les écrivant.

Rappelez-vous que l'ennemi n'est pas toujours celui que l'on croit. À très bientôt pour la suite de cette saga littéraire !

Imprimé en Allemagne
Achevé d'imprimer en mars 2024
Dépôt légal : mars 2024

Pour

Le Lys Bleu Éditions
40, rue du Louvre
75001 Paris